# 蝶は地下鉄をぬけて

小野田 光

新鋭短歌

蝶は地下鉄をぬけて*もくじ

I

# I

金太郎飴の断面ひしゃげてる断ち切って断ち切って過去たち

## さよならの著作権

ともだちじゃなくても好きさ三月の終わりに鳴らす永久歯たち

胸にのせた花をください一様に眠りの溶ける闇の標《しるべ》に

君は鳥になっても信号待ちをする枇杷の実ほどの自信を抱いて

打ち水はひと掬いずつ煌めいて　ゆめは、ひとりで、みるもの、でしょう

つめたさのない夏なんてあるものか　さよならの著作権はぼくのだ

青空は不平等だと知っている南のアイスホッケー選手

予報士は等圧線をひいてゆく死滅できない大樹のように

## ヨーグルトや鳥

雲ひとつない青空の朝だけはホットミルクの膜を捨てます

鳥たちがぼくを見ている美しさに意味はないって飛び跳ねている

風を待つ額に満ちるあかるさのようなオムライスを見つめたい

春浅く鉛筆書きの直角を鳥という字にいくつもつくる

ワンピースをおへそのとこで切り裂いて春の嵐が来るわねと云う

鼻先を薄荷の風がふきぬけて春は清濁あわせのまない
キリル文字もすてきな容器はヨーグルトを世界で一番酸っぱく見せる
潔白はまだ見慣れない　ヨーグルトを壜に移して底を眺める

見上げればひこうき雲は消えてゆき他力本願ならではの青

放射状にひろがるさむけ抱えつつ歩けば胸の在り処がわかる

赤色のセロファン通し照らします不機嫌そうな古びた椅子を

たてがみをそよがせている馬がいていつまでも歓びは選べる

「嫉妬心ないよね」遠い春雷をひな人形の裏側で聞く

行きたくもない町めざす春の旅　帰還日だけを暦に記し

## スクリーン

男でしょって言われるような雲ゆきだ　水泳補習は嫌じゃなかった

青空にふれたわたしよ消えてゆけプレパラートに託した指紋

アイスレモンティーの檸檬を忙しなく潰すストローの先を見ている

ていねいな白さをはなつ君の歯の僕の知らない過去を消したい

ウイッグのもぎりの少女が踵踏み「二人来たので上映します」

エンゲージリングのＣＭ過ぎ去ってきみは「金属アレルギーなの」

爆撃音に巻かれたＦ列四、五番で化石にならず　なるかもしれず

壁に凭れ求愛場面を浴び終えてもぎりの少女はもぎりにもどる

床に散るポップコーンを片づける銀幕だけの空爆ののち

上映を終えて佇むスクリーンみたいな白が膨らんだぼく

物としてあなたの指を噛む強さ世界は揮発性だと知って

薄闇に君が吐き出す微光だけ肺をひろげて拾いあつめる

あけがたの君のかすかな寝息うけ虹の萌芽に疼くてのひら

青白い空にうつろうのはやめて。ぼくの毛細血管をみて。

沈黙が大気に立てる低い音　靴の中には十本も指

電光を継ぐ雷鳴を待つように奥歯に氷嚙み締めてみる

秒針がないまま廻っている時計　君は結論から話しだす

荷造りの最後の箱にふりかけるドライフラワー粉々にして

ひき際が綺麗でしたね花束はどこかで燃えて香りを放つ

蓋のない深い器に沈みたい無心にならず轆轤をまわす

# 家族の肖像

ねえさんがママの子宮においてきた白いりんごのらくがきひろう

「ブロッコリーは小さな森よ」とママはいう　まるごとたべるなんていやだよ

絵日記に描かれたくもりのちくもり左の雲がきもち大きい

父さんが蟻を食べたりしないのは婆さんが蟻を食べなかったから

爺さんが怖がらなかったネコの死骸に怯えるヒトとして生きていこう

給食の喧騒の中にただひとり俯く子にも冷凍みかん

身長が150センチを超えた日の記憶が柱にくすぶっている

陰毛があるならこれを陽毛と呼ぼうとウィッグ取り出すは母

「ロシアの血はいってるんじゃないかなあ」九十年目の祖母の告白

照りかえす墓石を撫でて母さんが「お肉が焼けるくらい熱いわ」

愛情がコイルを巻いてやってくる父さんは半田ごて持って待ってる

「光という名前があなたを曲げている」ちぎれ雲ならぼくの味方だ

完璧なしゃぼん玉もうさようなら姉のブラウス私に似合う

藪銀座商店街

マリリンの巻き毛みたいなかつ節の光に満ちている乾物屋

苺好きと決めつけられて枝切りの鋏でみずから髪切る花屋

花屋より色とりどりにしてやるとパプリカばかりならべる八百屋

「粒ぞろいのボタンあります」世相との差異にまみれていたい手芸屋

デジタルのデータでさえも真っ二つに破るアプリをくれる写真屋

のっぺりとしていたいでしょ　2Dに見えるレンズが売りの眼鏡屋

安眠のオプションとして標準の母さん臭をまぶす布団屋

ハウツーの文庫の棚に二冊ほどトマス・ピンチョン混ぜるコンビニ

魚屋でしばし見つめるとりどりの平たいほっぺが繰りだすひかり

洋食屋の窓には月があらわれて東独ライスの冷たいかおり

明朝体の反転

「年三百本仏蘭西映画を観ているの」花粉まみれの虚言華やぐ

シリウスに照らされながら裏門の守衛はそっとのど飴とかす

トランプを撒き灯り消しぺてと臥し空巣よ神経衰弱しようよ

盲牌に指紋は歪みゆらゆらとよぎる未来の暗いかがやき

「虚言癖あるかもわたし」午前二時「似合いますね」と返信を打つ

ダウニーに浸けられているアルパカが「葛藤きらい」というから眠い

祝祭の明朝体が美しく反転すれば眠りに落ちる

明け方になれば夜中の精密さ忘れてしまう　みんな平たい

## 思われがちな化石

「隣り合い出土された」のキャプションで恋仲と思われがちな化石

題名のない巻物をほどきます明後日みたいな匂いがします

天気雨の細い光に濡れていた女王卑弥呼も千々石ミゲルも

火星にもなにかの卵と粉がありふんわりさせる策がみつかる

魚雷探知機や水中砲を持つ人魚への進化を目指すヒト

クールジャパン百周年に作られたガルシア・マルケス味の草餅

圧政に気づかぬ民の蜂起　世界姫林檎デー焼打事件

おお猫よ、犬、小鳥、人も聞きたまえ、汚され洗われ流れる音を

## 鍋底のキャベツ

彼は背が高くて眼鏡をかけていてイルカの置き物ばかり集めた
鍋底のキャベツみたいに萎れてるあたしをポトフちゃんとお呼び

水玉がみんなに似合う街の中ふつうの女の子はどこにいる

木洩れ陽のテラスにわたくしが透ける　ワンプレートランチ頭悪い感じ

女とか男ではなく宙をゆく岸田今日子の声になりたい

丸顔になりゆく君は旧友とユニセックスの方言で語る

塀と塀の間を抜ける蟹歩き午後にわたしは存在しない

ひからびた歌声あわせわたしたち障子の穴をすこし繕う

## 短日にハミング

エビよりも衣が大きいのをつくる　あたたかなあたたかな冬がきますよ

短日にハミングしつつ坂をゆく蜜が蠢く昼の真ん中

なかなかにたのしい記憶でしたのでふとももの裏に貼っておきます

割り算にあまりってのがあったでしょ給食よりもあれが好きなの

あえいおうあえいうえおあお（助かった肉も噛めそう靨《えくぼ》できそう）

たいくつな遊歩道まだ終わらずに灯《ひ》ともし頃の比喩のはみ出し

憎み合うその熱量で煮込めあの水族館ごとブイヤベースに

隠しごとよりは秘めごと　この冬の三百デニールの深い色

北風に堪えきれなくて剝がされた銀杏はひかりつつ逢いにゆく

無精卵は天に抱かれた星のようことりことりと育っています

もう朝が来てしまったの随分とチューリップって立派ですこと

## 愛の世界旅行

君の髪かがやく異国の空港の日本語風の日本語フォント
広場にてお祈りをする人を見て君は異なるポーズでいのる

パクチーはなんか美味かもほろ酔いの舌をも現地時間に合わす

大航海時代のうねり知るようにひと文字ひと文字したためる文《ふみ》

どの道も拓かれた道　殿堂の胸像たちの手指をおもう

ヤロミール・マレクはチェコののんびり屋「子ぎつねよりはえらいのだがね」

パピルスに滲むインクのか細さよ　虚業と実業との交信

少し薄いサンドウィッチを食んでいる帰国間近の空港ロビー

消え去れば永遠の旅　世界ではあまたの青と君がいきづく

# II

造物主なんて知らない　吊り橋で幕の内弁当をひろげる

明治神宮野球場では

駅に向かい植えられている街路樹の等間隔に鎮まってゆく

リクルートスーツの人が地下鉄でマーブルチョコを貪っている

考えろと宣《のたま》う課長がとんかつにとんかつソースをどろりとかける

これ、あれだ　スポンジの間《ま》ではしはしと苺の圧を受ける黄桃

栗のかぶりものした者らの来店がスタバの民の緊張を呼ぶ

転々と球は弾んで早春のゴルフ練習場のそれだけ

色褪せたポスターに蔦からませて「非行防止にシュークリームを」

そよそよと時間の瘤もとけてゆく明治神宮野球場では

理性ある戦いを観る九人で一人を囲み襲わぬ野球

ポストモダンの浪漫なんですヤクルトと巨人が戦う無差別級は

守備につく白地に赤のストライプ戦闘服にしてはかわいい

塁なんて旧い響きを散りばめて神宮の杜を駆ける人々

逆風に戻される球追うようにスコアボードにはためく旗は

打席からキャッチャーゴロの打撃音　昼間の議事の記憶は淡く

右中間を球はころがる耳寝かせ森に分け入るうさぎのように

暗黙のストライクゾーン染みついた懐に君の頭をつつむ

ほんのりと揺れることばを零す間に春がスパークしてるじゃないか

君役の君

路地裏のアロエのながいながい影　君とはじめて踏むながい影

感情の作り置きってできないと言いあいながら持つレジ袋

コンタクトはずして赤い君の目が黒縁眼鏡に額装される

混ぜすぎたサラダを覆い尽くすよう静かに散らすエディブルフラワー

将来を話しあわずに配球を読みあいながら野球観戦

君の頬に落ちた睫毛を摘みとって飲めば意外とのどごし悪し

光らせたふたつの乳をほうりだしなんにも驚かずに眠る君

真夜中の感触失せた昼休み左手首に君の髪ゴム

「疲れたしおうちで寝るね」のまるい声　茶色くなった林檎は擦ろう

今日はいない君の匂いがする部屋で半同棲の定義をググる

はじめての君の怒声につつまれて防御姿勢がさまにならない

ペン売場にペンの乱立きちきちと色とりどりの夢がくるしい

替え芯を選ぶふりして盗み見る試し書きする君の字を見る

（訓練です）義父役の僕、君役の君から僕を紹介される

「ひと言で彼を紹介するならば竹を割らないこともない人」

死やほかの理由がふたりを分かつこと　挽きたて豆の香りに咽せる

キーボード叩くリズムを持つ君の少し唾液の浮かぶ口の端

遺影でもいい

曲がり道・真夏の薄暮・待ちぼうけ　汗がひんやりひいてゆくまで

君の愚痴に頷きながら角砂糖をスプーンに溶かし占っている

夕映えにビールひとくち街中の五臓六腑が光りはじめる

今宵のみ格子を抜けよひたひたとへモグロビンに眠れる声よ

「横顔の耳の厚みが特に好き」氷がレーズンバターを締める

見え透いた嘘はなんだか面白い前歯にとうもろこしが挟まる

褒めたならシャッター切ってすぐ切って遺影でもいい級の笑顔に

「わたくしの何を知ってのことでしょう」目も憚らずさきイカを食む

唇をとじても少しみえている前歯ややこし白夜にも星

こうなったら違和感最大化を目指しすぎっ歯にターキーサンドを挟む

妙な声きこえてないか八月の醒めた配置の福笑いから

瓶と罎

ペットボトルばかり売ってる自販機に描かれた瓶の冷たいコーラ

しりとりをちゃんとできない人が好き。スキップ「吉報」うたごえ「五右衛門」

お昼までおなかを出して夢見合うあおくんときいろちゃんみたいに

隅っこに罫線またぎ描いてゆくパラパラまんがの君の高跳び

やわらかく　きみにもらったミルキーの黄の紙の裏「味方」と記す

ぼくたちは空洞が好き外側に低い音だけ漏れ出すような

思い出し笑い誰にも気づかれず壜のコーラの格別なこと

御守を胸ポケットに入れてみるなんだかちょっとやっぱり近い

吉報を伝えきった夜肩ならべぼくらの出ないニュースを眺め

アトリエの古い匂いのような夜あんしん遠くからの安心

眼の奥をふたりでゆるめ喉ならし冷やし忘れたコーラを飲もう

# ローム層の記憶

夏の陽をしばらく肺にいれてゆく怒りを鎮める祈りのように

水道の蛇口の把手がとれていてこの公園に陽光がふる

もんじゃ焼きをひっかきまぜて別れた日　足裏にまで残る燻し香

君が昨日指を浸していた水を加湿器で霧状にしてゆく

口の中切れるまで飴舐めつづけ会いにゆかない日曜の午後

好きすぎて無理だと泣いたその夜に蟹の普通の食べ方を知る

はじめてのやり直しの日　木箱ごとすべての乳歯を君に差し出す

真夏日のコップの結露ひしめいて君の閃きそうな瞬き

大仏のマトリョーシカは君のため原寸大でわかりあうため

ローム層にしずかな記憶抱く街で八万台の複写機光る

## 銀曜日

月曜は象に乗るにはちょうどいい乾いた風に頬をさらして

火曜からかなりの心を開始するこのからくりを意志と名づける

水曜はかばんを開けたまま過ごしコンクリートに活字をこぼす

木曜の鈍色のままの虹彩の右眼が映す小石のひかり

金曜の夜中に開けたおみやげのワインの栓の焼印ににじむ

銀曜日つけ足しました、 木苺があまりにはやく実をつけるので

土曜だけの余白に潜る絹ごしを心ゆくまでお箸で掬う

日曜の朝の相反するこころ皮に包んで屋上に立つ

余罪

スープ掬う君はひだまり窓外の空が黄色く満たされてゆく

秋なのか冬なのか名づけられない日　変換ミスを直したくない

毛穴から洗ったような息が漏れふたりの色がぱきぱきひかる

大宇宙に断層　君の右頬のほくろのプラネタリウム眺める

冬空の遠いリズムに揺れているクレーンたちは連獅子のごと

去年からとれかけていたＰコートのボタンを君は無断でちぎる

（ばれているこぼれているよ）無茶苦茶な螺旋が描かれた絵画の前で

粉雪をふくみ唇かがやかす君の余罪を数えてやまず

しらずしらず星の死骸が好きになる　新宿一帯灰色の雪

君のまるい鼻の微動を愛でながら北風は春風になりゆく

## ホッケーと和紙

目の前の一戦ごとのざわめきに肺胞ひとつひとつがひらく

東京の無限の光も照らさないアイスホッケーへの道えらぶ

降り立てば製紙の煙の香り舞う風がふるさとみたいに包む

北海道のホッケーはアイスホッケーでアイスホッケーとは呼ばれない

ホッケーに熱風の吹くことを知る北海道の小さな街で

持久走の苦悶は舌を転がって製紙の街の煙の味よ

製紙社の社員選手にめずらしい東京からの人材として

体育系に詩歌は無理と言われてはジャージで短歌講座に臨む

ホッケーの歌を作らぬぼくに「まず事実を詠いなさい」と先達

紙づくりよりホッケーを　すべからく社員選手の入社動機は

遠征のバスで読みたる葛原は猛者たちの鼾轟々と浴び

半歩だけ反応鈍り老いを知る趣味テーピング、二十九歳

U20代表以来の全国紙　朝日歌壇の隅のぼくの名

汗満ちるロッカールームでしなしなと積ん読たちのページ波打つ

わたしにはアイスホッケーしかなくて　取材のセリフは上の句のよう

「頭まで疲れた君は使えない」簡素な言葉で殴る監督

カナダ人選手と二人週三でパンケーキ焼く寮の厨は

七か国渡り歩いたステファンが褒める日本の楓シロップ

道民のチームはやさしい村社会　ステファンとぼく以外道民

スケートのエッジを研げば散る火花　サラリーマンの熱さもこうか

「お前短歌講座に通っているそうだな」相手選手の胸板厚し

全身の湯気は防具のすきまから魂抜けるごと立ちのぼる

今を生きるなんてまやかし　しかし目はゴールネットをくっきり捉え

今という時を砕けよ振り抜いた一年ぶりの決勝ゴール

試合後のお立ち台では「お気持ちを一句でお願いします」と請われ

勝利後の全裸の男たち叫ぶロッカールームでさがす下の句

名鑑の好物欄に書いたためファンたちからのハスカップ責め

紙づくりする引退後　夢想とは和紙職人の自分の姿

わたしにもホッケー捨てる日があるか朝霧夜霧濃い北の街

一座は西へ

お天気の流れに与せぬ日もあって実に賑やか一座は西へ

下町の鉄塔からの波に乗りうすもも色の力士が届く

雲少しある青空は安心で途中下車してひと駅あるく

幕の内のお醤油入れの鯛の口をやさしくつねるみたいに開ける

思いつく言葉飲み込みふつふつとひじきばかりを炊くベーシスト

星々を結べば何にでも見える焼魚座の焦げ目をはがす

七三の人まゆを寄せ「だまし絵を描いてくださいわたしの顔で」

あたたかな温泉まんじゅう割りながら孵化する心むすむすと待つ

小魚を食む丸顔の子どもらがにょきにょき踊る佃煮祭り

降りそそぐ雨が車窓の膜となり世界を溶かしつつバスはゆく

# Ⅲ

間違えた靴のままゆく舗装路が海になっても終わらない夢

## さかさの電車

いくつもの丘をめぐって色つきの風の図鑑を編んできました

結い玉がお蕎麦の先にできた午後さかさの電車に乗るんだろうな

平等に平行な行　よどみなく交換ノートの怪はつづいて

好き嫌いがはっきりしてて素敵だねぼくのお札を戻す自販機

泣きながら力うどんをすすってる人に遭遇したことがある

寄る辺ない鼓動ことこと鳴りつづく感情ひとつなぎの山手線

喫茶店の窓から往来眺めつつ独り歩きの人を数える

雨粒の声がきこえるボクシンググローブふたつ横たわる道

「アディショナルタイムは五分」ザッピング止めて他人の負け方をみる

「石橋を叩いて勝った」と外国人監督が言ったと通訳が言う

知らなくてよかったことを数えつつ眠りにおちるための便覧

明け方と朝とのすき間に潜りこみ知っていることすべてを許す

甘露煮になるまで眠る日曜のこばんでこばんでふるえるまぶた

忘れたりできるだろうか蜜色にひかる胡桃をくだく休日

指切りをしたね　床から三日月に切られた爪を胸ポケットへ

風花で動体視力を鍛えてるさよならららららら引くちから

どこまでがフードコートか僕たちの別れ話はのっぺりとして

## 紫陽花、アンドロイド

でたらめに灯る信号身に染ませぼくらは規則正しく歩む

君が語る僕の知らない国のこと　未来みたいな無色透明

透明な過去をのみほしたくもある　君の傷から噴水と虹

君のこと知りすぎたかな肖像を描けば極彩色が溶けあう

いたましい形の夢に目覚めれば時刻は午前四時九十分

夏までのみじかい根っこゆらしつつ紫陽花、アンドロイドに抱かれ

もてあます日傘をたたみ影叩く花々ぬるくさみしい家路

もうぼくは静かなそなえを知っている　庭先までは今日が梅雨入り

意味よりもおおきな意味が鳥になる　ことばすべてを大気に溶かし

ビル禁止令が出たらば僕たちはどこにしまわれるのか　海風

砂糖水

喉奥は生ぬるい沼　この夏の解をもたない人と歩めば

むき出しで生きる若葉の香をまとい露地にかくれる晴れ女たち

窓辺にて睫毛にマッチ棒のせてみなぎってくるみなぎってくる

暑さへとわたしがまとわりついてゆくバネを効かせて急ぐ街なか

汗つたうわたしの顔はカスケードひとつひとつのほおずきを愛で

坂の上の図書館二階長椅子の夏の六時の西陽のにおい

背の高い人が草履でゆく未来にぶい小石もY字路もある

くすぐられても笑わない　砂糖水の重さを知った夏の中では

繁栄の淵の旋律くずれてもオーケストラをひやす月光

人生を貪れなくて過呼吸の肺には花の匂いが満ちる

百年のちの手旗信号

青空は非のない訳書　行間をひらかせながらさがす幻

命すら飛ばす気配の歩道橋いのちを流す車道をまたぎ

まぼろしと血潮がはしゃぐ三叉路でしゃっくり止めたくて引きかえす

本心と向きあわぬまま右カーブ切れば鬼瓦ひかる屋根

十二色だけの色鉛筆で描く隅の隅まで愛した世界

ほんとうの名前で生きてゆくわけを箇条書きした白墨の痕

鼻をかむぬるさが反射する脳で活字の歪む小説を読む

誰ひとり知らない世界　ひとり寝の呼気が文庫の栞をゆらす

悪夢から醒めた気怠い頬うつす小さな星をたずさえた窓

質問と答えの数が同じ夜おろおろと右耳を閉ざして

国境を解かれた陸の果てに舞う百年のちの手旗信号

しらすとミルフィーユ

地下に向く風の助けを背に受けて競走馬として改札に入る

「男とは勝つ道筋を知る性」と部長の声が左脳を叩く

屋上で富士を眺めるぼくの目に男社会の椅子は高くて

しらす丼に付くデザートはミルフィーユ細かい仕事があふれだす街

ミルフィーユはわずかに湿っぽく午後の会議の資料をめくりつつ食む

まずくないランチを食べたさみしさに重ねるためのやさしいねむけ

弱い意思つらいとつらくないの間を揺れる樹木のようにたわんで

ひたすらに連なる時間　地下鉄のプラットホームに夕映えはなく

せわしなく追いたてられて夜になり炭酸水のような血巡る

えきむえきむ時間はいつも揺れやまずうがい薬をゆるく吐きだす

まぶたにはしらすの怨念ひくひくと数多の鼓動に襲われる真夜

朝なんて待たなくたってやってきた黄色い日々の星座の弱さ

ヤクルトを百本飲むという任に冷蔵庫開け夢だと気づく

出口にはならない夜明け降り初めの雨の匂いはやさしくうねる

カフェオレをボウルにざっと注ぎつつおそらく甘い考え零す

朝八時半の日課が滞る資料の文字が楔形だよ

寿司詰めの思考がパンッと散ったのち約十分で動けなくなる

にょろにょろの細道ぬけて病院へ甘さのわけを披露するため

ペコちゃんのような笑顔で病名を精神科医は記してくれる

おもしろいことを切りあう青春にもどるだろうか　休職願

あの紅い職場に戻されたくはない十年前の石鹸を剝く

眠剤を飲めば黄色い闇となりむずむず生まれなおしてゆこう

ほそぼそと爪先立ちで水を飲みからだの幹を慈しむ夏

朝の鳥

義憤にも似た感情を壜に詰め色とりどりのピクルスにする

流れゆく時間は左右非対称　枯らした花を鏡に映す

この窓を掻き分けるように開けた日々とおくに澄んでいる秋の朝

冷やしすぎたはずの葡萄はここちよく九月の喉をひらかせてゆく

ずり落ちたサスペンダーを戻すとき寿命が二秒生えてきたこと

断固たるものを持たずに浴びる陽よ　髭は永久脱毛せずに

風の朝には活字たち流されてそれならそれでいい朝の鳥

ゆるやかな波が浅瀬をなでてゆき自嘲をしない一日がくる

百二、三頁をひらき顔にのせ生の匂いを嗅ぐひるやすみ

黒柳徹子さんの記念切手ワンシートいただきたいんです

人類はほとんど水でできておりやがては霧となる資料集

濃密な蟬を眺めている君の睫毛がビリジアンに萌えるまで

## プリズムの声

慰めずただ励ましている君はプリズム通したみたいな声で
きえてゆく時を気泡に閉じこめてメレンゲにする夢の頑固さ

パスケースに鞠の千代紙しのばせて左心房から澄んでゆきます

脈絡をといてく魔法またたいて地下鉄路線図のみこむカエル

地下鉄の口から覗くビリヤードチョークの空の窪みは地球

そういうのずっと濾過してきたんだねピエロが鼻を泉にひたす

岐路のない日常があり一度だけ渡った橋のかたい静けさ

## 解説　誰のものでもない、わくわく感

東　直子

### 国境を解かれた陸の果てに舞う百年のちの手旗信号

今から百年前といえば、大正時代。そのころから生きている人もわずかにいて、残された記録によって当時の様子を知ることはできるが、ほとんどの人が、百年前のことも百年後のことも、直接見聞することはできない。手が届きそうで、届かない。百年は、特別な時間である。夏目漱石の「夢十夜」の中に、今にも死にそうな女が男に「百年待っていて下さい」と言う場面がある。惜別と再会への希望がまじったこの「百年」は感傷を帯びているが、掲出歌の「百年」は、個人的な感傷を纏っていない。百年という月日が経ったことの長閑な確認のように、「手旗信号」というクラシカルな通信手段が使われている。

手旗信号を振っているのは、「百年」という時間のどの時点だろう。国境を解かれてから百年たった現在、としても読めるし、国境を解かれたのが現在で、そこから百年たったあとの世界を想像しているとも読める。あるいは、もっとずっと過去から遡った、過去の時間にある「百年のち」とも読むこともできるだろう。あるいは、未来の時間の中で国境が解かれ、その先の百年、という、遠い未来の様子なのかもしれない。確かなことは、「国境を解かれた陸」が百年続き、そ

の先の時間にも続いていくであろうという希望を「手旗信号」が果たしている、ということ。誰のものでもないけれど、誰のものでもある「手旗信号」なのである。小野田光さんの短歌から、こんな「誰のものでもないけれど、誰のものでもある」普遍性を帯びるものものが、あふれ出す。

金太郎飴の断面ひしゃげてる断ち切って断ち切って過去たち
君は鳥になっても信号待ちをする枇杷の実ほどの自信を抱いて
ローム層にしずかな記憶抱く街で八万台の複写機光る

金太郎飴の断面のように断ち切られ続ける「過去」。鳥に生まれ変わっても信号待ちをしそうな律儀な「君」の枇杷の実のような「自信」。八万台の複写機の下のローム層が抱く「記憶」。いずれも人の心理とその言動に深く関わってくる部分だが、長い時間の中での反復と変化について言及されている点も共通している。金太郎飴の断面は、同じように見えても「ひしゃげてる」ので、微妙に表情が異なる。極日常的な「信号待ち」も、シチュエーションは異なる。複写機で複製されても、原本と全く同じではない。これらは反復しながらも月日が過ぎ去るということの喩になっているが、受け取る感慨が悲観的なものではないのが印象的である。同じように見えても、同じではない。不可逆的な喪失を扱いつつ、常に平らな心で、よく通る大きめ声のような強い文体で詠む。

つめたさのない夏なんてあるものか　さよならの著作権はぼくのだ

「さよなら」するような出来事を描いていることは間違いないが、暗さは感じられない。むしろ、清々しい。何かの関係にピリオドを打つとき、それぞれの言い分は異なるだろう。あつさのみ言われがちな夏にもつめたさがないということはないように、「さよなら」をどう感じるのかは異なる、ということを「著作権」という法律用語を使ってユニークに表現している。自分で自分を奮い立たせて、悲しみに飲み込まれないよう力んでいるのかもしれない。悲しみは、歌の外側でしずかにたゆたっている。

転々と球は弾んで早春のゴルフ練習場のそれだけ

「それだけ」というあまりにもあっけない結句に釘づけになった。とても正直な感慨なのだろうとも思う。ゴルフの球が練習場の芝生の上を転がる、それだけの風景の中にも何か奥深いものを見いだしたくなるのが詩歌というものである。しかし、そうした詩歌の暗黙の法則に引きずられることなく、風景を見ながら、それだけでなにもない、と思ったから「それだけ」と書いたのだ。

照りかえす墓石を撫でて母さんが「お肉が焼けるくらい熱いわ」

鍋底のキャベツみたいに萎れてるあたしをポトフちゃんとお呼び

これ、あれだ　スポンジの間《ま》ではしはしと苺の圧を受ける黄桃
しりとりをちゃんとできない人が好き。スキップ「吉報」うたごえ「五右衛門」
小魚を食む丸顔の子どもらがにょきにょき踊る佃煮祭り

これらの歌は、イメージが自在で楽しい。思わずくすりと笑ってしまいそうになるが、ユーモラスというよりコミカルである。描かれている世界の色合い、フォルム、言葉の響きがいずれも鮮烈で、じわじわとおかしみが漂うというよりも、くっきりとした線で描かれたイラストレーションが目に飛び込む感触に近い。短歌で表現されるこのコミカルなおもしろさは、とても新しいのではないかと思う。

人生を明るく、楽しく生きながら、それがさらに豊かに見えてくるような、独特の切り口。内省に足を取られることなく、言葉がもたらす軽やかな喜びを見いだそうとしているようである。その方向性を共通項として、作者の実人生とは離れたところで構築された、基本的に架空の世界を楽しめばいいと思う。連作「家族の肖像」の戯画化された家族や、「藪銀座商店街」の不思議な数々の商店など、弾むような韻律による機知に富んだ一首一首に、わくわくする。

その中でも異彩を放つ「ホッケーと和紙」の一連は、私が選考委員の一人として関わった角川短歌賞の候補作品の一つとして、初めて読んだ。候補作品は、氏名や年齢、性別など、作者の情報をすべて排除した状態で討議されるため、小野田さんの作品だとは気づかないまま読んだのだった。

目の前の一戦ごとのざわめきに肺胞ひとつひとつがひらく
全身の湯気は防具のすきまから魂抜けるごと立ちのぼる
「お前短歌講座に通っているそうだな」相手選手の胸板厚し

選考委員は、アイスホッケーと短歌という、意外な組み合わせに驚きつつ、その違和感からくるおかしみや、事柄の妙に感じ入ったのだった。この一連の主体は架空の人物だが、小野田さん自身、若いころに競技を楽しみ、試合の撮影やその歴史の研究など、アイスホッケーと長く関わってきたとのこと。関係者でしか知りえないような内容が盛り込まれ、「氷上の格闘技」と呼ばれるほどの激しいスポーツの体感や描写に臨場感と説得力がある。選考会でこの一連を扱っているときだけは、これまでの短歌の新人賞選考会では体験したことがない、楽しい笑いにつつまれた時間だったことも記しておきたい。

そのように、多様な内容を味わうことのできる歌集なのだが、「間違えた靴のままゆく舗装路が海になっても終わらない夢」という象徴的な歌で始まるⅢ章の歌には、心理的な翳りや孤独感を感じさせる歌が多く見受けられる。特に、「しらすとミルフィーユ」の一連には、会社員である著者の労働の体感や辛さが色濃く反映している。

せわしなく追いたてられて夜になり炭酸水のような血巡る
えきむえきむ時間はいつも揺れやまずうがい薬をゆるく吐きだす

ヤクルトを百本飲むという任に冷蔵庫開け夢だと気づく
寿司詰めの思考がパンッと散ったのち約十分で動けなくなる
おもしろいことを切りあう青春にもどるだろうか　休職願

仕事に追いつめられ、休職願を出すに至る過程が、体感を伴って痛々しく伝わる。いつも機嫌がよくて愉快な空気を携えている小野田さんでさえ、このような境地になるのか、と、複雑な思いで読んだ一連である。「えきむえきむ」と、オノマトペ化された役務というものを、客観的に捉え直すきっかけとしても注目したい。

岐路のない日常があり一度だけ渡った橋のかたい静けさ

穏やかな文体で、二度と戻らない時間の中の確かな決意の伝わる秀歌だと思う。「一度だけ渡った橋」は、長い人生の中で一度だけ経験した貴重なエピソードの喩として、その心の強さをじっくりと伝えてくれる。冒頭で述べた「誰のものでもないけれど、誰のものでもある」感覚が、新たな深みを得て広がる。
思うようにならないことがある心身の苦しみや切なさを通過した後、これからどんな世界を言葉で紡いでいくのか、今後がますます楽しみである。

# あとがき

短歌を詠みはじめて、いろいろなことが変わった気がします。たぶん、ものの見方や考え方が変化したので、世界も違って見えるようになったのでしょう。短歌って不思議です。縦書き三十一音に自分のエッセンスを流し込んでゆくと、少しずつあたらしい自分が生まれてくるような感覚。ここ数年、わたしはこの不思議な感覚とともに、ゆっくりと心を揺らしながら、あたらしい自分を受け容れていったようです。

時には、作中でチェコのおじさんになったり、ポトフちゃんになったり、アイスホッケー選手になったりしました。架空の家族や空想の未来を描いたりもしました。わたしにとって短歌とは、いろいろな人の立場を想像して、自分の視野に映る他者の世界を肯定することだったのだ、とうすうす気づいてきました。

時には、実際に自分の身に起こった出来事を詠みました。そこにいる「わたし」は、少し自分からずれた位置に立っているように感じます。自分自身とは微妙に違う立場のわたしを発見し、見つめ、そして受け容れてきたのです。

結局は、生まれた歌にどんな格好の、どんな性別の、どんな国籍の登場人物が出てきても、それは「わたし」なのでしょう。わたしから見た世界は、どこまでもわたしなのです。わたしが解釈し、わたしが定義し、わたしが肯定してきた世界。とても愛おしい世界。

短歌を詠みつづけることによって、わたしはそういう世界を更新しつづけているように思います。この歌集は、そんな更新作業の過程で生まれた325首の連なりです。

嘆きの多い日常にあって、少しでもあかるくてあたたかい陽だまりに身を置くこと。この歌集を開いたとき、読者のみなさまに、そんな時間が訪れることがわたしの願いです。

わたしにすばらしい機会を与えてくださった書肆侃侃房のみなさま、いつも静かにあかるくいっしょに短歌をたのしんでくれるすてきな友人たち、歌誌「かばん」のみなさま、そして、この歌集にしあわせな彩りを添えてくださったカシワイさん、東かほりさん、ありがとうございます。東直子さんとの出会いがなければ、こんなに多様でたのしい世界を見ることはできませんでした。いつも、そして、これからも感謝を胸に。

最後に、この歌集を手にしてくださったみなさま、本当にありがとうございました。遠くない未来に、あたらしい歌集のあたらしい世界でお会いできるといいな。そう思っています。

二〇一八年十月二十五日

小野田 光

■著者略歴

小野田 光（おのだ・ひかる）

1974年、東京都生まれ。「かばん」会員。

2018年、「ホッケーと和紙」により第64回角川短歌賞佳作。

フォトグラファーとして、主に人物肖像、スポーツ写真などを撮影。

「新鋭短歌シリーズ」ホームページ　http://www.shintanka.com/shin-ei/

新鋭短歌シリーズ45

蝶は地下鉄をぬけて

二〇一八年十二月七日　第一刷発行

著　者　小野田 光

発行者　田島安江

発行所　株式会社 書肆侃侃房（しょしかんかんぼう）

〒八一〇・〇〇四一

福岡市中央区大名二・八・十八・五〇一

TEL：〇九二・七三五・二八〇二

FAX：〇九二・七三五・二七九二

http://www.kankanbou.com　info@kankanbou.com

監　修　東 直子

装画・挿絵　カシワイ

装　丁　東 かほり

DTP　黒木留実

印刷・製本　株式会社西日本新聞印刷



ISBN978-4-86385-347-8　C0092

# 新鋭短歌 新鋭短歌シリーズ ［第 4 期全 12 冊］

今、若い歌人たちは、どこにいるのだろう。どんな歌が詠まれているのだろう。今、実に多くの若者が現代短歌に集まっている。同人誌、学生短歌、さらにはTwitterまで短歌の場は、爆発的に広がっている。文学フリマのブースには、若者が溢れている。それればかりではない。伝統的な短歌結社も動き始めている。現代短歌は実におもしろい。表現の現在がここにある。「新鋭短歌シリーズ」は、今を詠う歌人のエッセンスを届ける。

## 43. The Moon Also Rises　五十子尚夏

四六判／並製／144ページ　定価：本体1,700円＋税

**世界は踊りだす**

アメリカの風が香り、ちはやぶる神対応がある
現代短歌の美をひらく新鋭歌人の登場　—— 加藤治郎

---

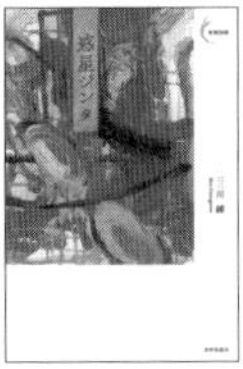

## 44. 惑星ジンタ　二三川 練

四六判／並製／144ページ　定価：本体1,700円＋税

**魂はどこにでもいける**

生と死の水際にふれるつまさき。
身体がこぼさずにはいられなかった言葉が、立ち上がる。—— 東 直子

---

## 45. 蝶は地下鉄をぬけて　小野田 光

四六判／並製／144ページ　定価：本体1,700円＋税

**放物線をながめるように**

見わたすと、この世は明るくておもしろい。
たとえ何かをあきらめるときであっても。　—— 東 直子

---

**好評既刊**　●定価：本体1,700円＋税　四六判／並製／144ページ（全冊共通）

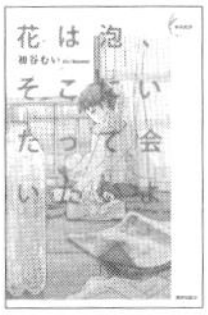

37. 花は泡、そこにいたって会いたいよ
初谷むい
監修：山田 航

38. 冒険者たち
ユキノ 進
監修：東 直子

39. ちるとしふと
千原こはぎ
監修：加藤治郎

40. ゆめのほとり鳥
久螺ささら
監修：東 直子

41. コンビニに生まれかわってしまっても
西村 曜
監修：加藤治郎

42. 灰色の図書館
惟任將彥
監修：林 和清